詩集

# 葡萄樹の方法

阿部弘一

七月堂

詩集　葡萄樹の方法　目次

# 葡萄樹の方法

城塞教会

ある冬の旅の仰角について

## 1　ノート

〝マリー〟へ行くのか。

週二回その海辺の村落《サント・マリ・ド・ラ・メール》に通う高速バスの発着所の白ひげの切符売の帽子の蔭にしばたく小さな青く澄んだ目が、そう聞き返す。

その目が見ているはるかな黝い海へと続く広大な迷路の広がり。それらが織りなす無数の沼澤、無数の砂嘴、烈しく吹き渡る冬の季節風。浮き、沈み、交錯する砂と水面のひかり。倒れ伏す枯葦、海からの風に傾き、震える小灌木の裸木。それらの最後の砂嘴の先端に蹲る、そして土地の人々が〝マリーたち〟と呼ぶ海辺の村落。

主の受難から十四年、紀元四十年頃、エルサレムのユダヤ人に追われ、地方に散って行く弟子たちの苦難について、『黄金伝説』[1]はこう伝えている。

〈聖ペテロは、マグダラのマリヤを、主の七十二人の弟子のひとり聖マクシマンにゆだねた。そのとき、聖マクシマン、マグダラのマリヤ、ラザロ、マルタ、マルティア、さらにまた、生まれながら盲人であったがイエスによって癒された聖セドン（シドワーヌ）は、他のキリスト教徒たちとともに、不信仰者らによって小舟に乗せられ海へと押し流された。だれひとり舟を操ることができる者はなかった。不信仰者らはこうして、かれらが、ことごとく溺れ死ぬであろうと期待したのである。しかし、神の恵みにみちびかれて、舟はさいわいにも……〉

黝い嵐の地中海を幾日も漂流し、カマルグの湿原地帯の涯に、マリーたちは流れ着く。そして素足の踝も、裂けた衣の裾も潮の中に引き摺りながら、そのまま倒れ伏した……、夕闇の迫る波打際に。マリヤ・ヤコベもマリヤ・サロメも、それからサロメの黒人の召使サラも、そのまま石となってしまうかのように。

〝マリーたち〟のところへ行くのか、バスの切符売の老いた青い目が、遠く、そう聞き返す。

## 2　デッサン

その城塞教会《エグリーズ・フォルティフィエ》[2]の、半ば砂浜に踏み入れて佇む影絵。薔薇窓もなく一切の彫刻装飾も刻まれていない、しかも窓一つ持たない大アーケードが連続する外壁。傾いた海の水平線。空。遅い午後の白い画布。

その城塞教会の、無人の書割のような空間に消えた劇。唯一円形の外壁のロンバルディア式帯状装飾[3]。その内陣上方の王冠を縁取った鐘楼。花冠を型どった五つの鐘。黒チョークの先が探る幻の劇の終焉の夕暮。

その城塞教会の、内陣半円型の外壁が直線の外陣へと移る接合部の半円型のアーチをもつ唯一の開口部。画架と向きあう堅く閉じられた濃い緑色の厚い扉。その内側の深い闇の厚みに拒まれている広場の鈍いひかり。

その城塞教会の、外陣、大アーケードの外壁。身廊の高さを支える厚い控壁。風は無言の切石を打ち、無数の言葉を運び去る。防壁の銃眼から目が消え、広場に打棄てられたままの距離への、無数の線による思惟。

その城塞教会の、身廊と内陣の接合部に隠された、今も深く地下水をたたえているであろう井戸、そのはるかな水面に映ったまま静止した時刻。消えたつるべの意志。垂鉛と星との相関の静かな回転の製図への試み。

その城塞教会の、外光を拒む煤けた高い内壁の長方形の身廊の床下の砂嘴に満ちる遠い潮の刻。立籠る信徒たちの時折のみじろぎと祈り。上部礼拝堂を巡る聴覚の中の燭台のゆらぎ。ゆらぐ影絵を透視する瞑想の遠近法。

## 3　ノート

その城塞教会の、広場の乾いた風の中に画架を押しやり、私は佇む。海の方へかすかに傾いている広場の、孤立して立つ数本の裸木。私の中に長く伸びてくるそれらの影。私が描けなかった私の中の、ある仰角……。

その城塞教会の厚い影が裸木の影を追い私の足下に届く。時計軸を外れた刻が満ちてくる。ある地の果の、ある砂嘴の先端の、ある城塞教会の広場の、ある一点の影を刻む時刻の、私の地軸を傾ける私の中の、ある仰角……。

その鈍色の仰角に誘い

出されて、いつしか私は追いはじめる。少年時、いつまでも窓外の夕空の果に伸びて行った正接曲線の行方。その果てしない行方の不思議……。

私が私を追う、隠された漸近線上の、はるかな負の領域から出発する負の私がふとこの広場に向って歩みはじめる。その一瞬の仰角の変化を促す私の中の正接曲線の契機とは何か。その一瞬の私が落ちて行く至高の高さとは何か。そうして誘い出されながら私が描くことができなかった私の中の、その仰角の冥さとは何か。

〈サント・マリー・ド・ラ・メール〉

1 『フランス歴史の旅』（朝選書）所載、田辺保訳。
2 前出の伝説の地に建てられたサント・マリー・ド・ラ・メール教会
3 ロマネスク建築の小アーケード列の壁面装飾。

# 風、風の舞曲

## バッハ作《無伴奏チェロ組曲》をめぐって

旅の日記。一九七八年四月二十四日。バルセロナ着、二十一時五十五分。Hotel Residencia GOTICO

『カザルスとの対話』[1]の著者は、その中で、〈ある日、《無伴奏チェロのための六つの組曲》をバルセロナの楽器店で発見したあの十三歳の少年《カザルス》〉について伝えている。〈その少年はあまりの音楽的偉大さに、ただぼうぜんとするばかりだった。そしてそれから何年というあいだ、すべての情熱と心魂を傾けて組曲の研究に没頭したのだ〉、と回顧するカザルス[2]自身の言葉と共に。

一六八五年バッハ誕生、受洗。同じ年、兄ヨハン・ヨーナス、八六年（一歳）姉ヨハンナ・ユディタ、九一年（六歳）兄ヨハン・バルタザル相次いで夭折。九四年（九歳）母エリザベート歿、九五年（十歳）父ヨハン・アンブロジウス歿。一七〇三年（十八歳）ヴァイマル宮廷楽師、アルンシュタット新教会オルガニスト、七年（廿二歳）ミュールハウゼン聖ブラジウス教会オルガニスト。マリア・バルバラと結婚。八年（二十三歳）ヴァイマル宮廷オルガニスト兼宮廷楽師、一四年（二十九歳）ヴァイマル宮廷楽団楽師長、一七年（三十二歳）ケーテン宮廷楽長。一九年（三十四歳）四男レオポルド・アウグストゥス歿、二〇年（三十五歳）十二歳以下の四人の児を遺し、妻マリア・バルバラ歿。《無伴奏チェロ組曲》この年作曲か。無論多くの親族の死はバッハ一家に限ったことではないが、少年バッハに芽生えたある透徹した死生の風が後年バッハの楽想を覆い育てていったことは紛れもない。二一年（三十六歳）アンナ・マグダレーナと再婚。二七年から三一年にかけ《無伴奏チェロ組曲》全六曲の筆写譜、マグダレーナの手によって成る。[3]

バッハの《無伴奏チェロ組曲》の音楽の特異な点は、時に伝えられるように、天空の伽藍や信仰の祭壇から聞こえてくるのではなく、ある日、ある時不意に聴く者の内部から聞こえてくる…、というところにある。そう私は考える。

この街で、あの時、突然カザルスの中を吹き抜けて行った風……。ある種の透徹した死生の風のゆらぎ、風の走り……。

風のそよぎ《プレリュード》、風の輪《アルマンド》、風の走り《クーラント》、風の風《サラバンド》、風の舞《メヌエット》、風の舞曲《ジーグ》……、

そして、風の凪……。

ふたたび、風のそよぎ《プレリュード》、風の輪《アルマンド》、風の走り《クーラント》、風の風《サラバンド》、風の舞《メヌエット》、風の舞曲《ジーグ》……。

今、同じその街の一角の夜の深みに、片時の貧しい旅装を解く……。

音楽を言葉に書き写すことはできない。しかし、ノートの上で繰り返されるその試みの夥しい文字。結局はただ黙して、そのまま時の深みに滲んでしまう無数の言葉。しかし、それらもまた風のそよぎ《プレリュード》の、風の輪《アルマンド》の、風の走り《クーラント》の、風の風《サラバンド》の、風の舞《メヌエット》の、風の舞曲《ジーグ》の、風が吹き抜ける様々な姿態、様々な感触の記憶の、ノートに残されたある種の染み、何らかの痕跡ではないかと思われてくる。

一つの章が終る。ページが繰られる。その、目には見えぬ転調が、またつかの間の風の凪であるような風の……。
　　　　　旅の日記。旅の記録。
死生の、片時の、ある癒しの、ある慰藉の。
そして、ある旅愁の証の……、そう、ある透徹した風の中の……。

〈バルセロナ〉

1　J・コレドール著。佐藤良雄訳（一九五五年・泉社）。

2　P・カザルス（一八七六〜一九七三年）チェリスト。カタロニア生。

3　バッハ《無伴奏組曲》の筆写譜は四種知られている。マグダレーナの手によるそれは、最も古い資料となった。バッハ自筆のものは発見されていない。

バロック音楽の一形式としての組曲はバッハによってその頂点に達した。バッハは、アルマンド、クーラント、サラバンド、ジーグという組合わせで、多くはアルマンドの前に自由なプレリュードを置き、サラバンドとジーグの間にメヌエット、ブーレ、ガヴォットなど様々な舞曲を一ないし二以上挿入している。（『新音楽辞典』音楽之友社）

〔参考〕音楽の手帖「バッハ」（青土社）

ユリイカ特集「バッハ」・平成八年一月号（青土社）

# 静物

## G・モランディ[1]連想

〈点火[2]・I〉

一九八九年十二月二十三日。鎌倉・神奈川県立近代美術館「モランディ展」覚え書き。

1

回廊。画家《モランディ》の、かつて画筆やビュランを握った手の位置。退行し続ける絵画的言語、造形的言語。見る者を見ることに誘い続け、いつしか見る者の魂に託されてくる、静物たちの、形、重さ。沈黙、淵の深さ。色彩と位置と音階との、幾何学、順列、組合わせ。

2 「生存」に不可欠と思われるある種の特異な感覚によってはじめて解読された、時空の、不思議な奥行、凹凸、量塊、網目。その時空の薄明を貫いている、鈍色のある鋭利な「存在原理」。

3 見る者の日常言語による静物の索引。砂時計。壷。水差し。瓶。花瓶。花。貝殻。皿。茶碗。湯沸かし。見えない手のチェスのための……。

4 見る者の日常言語による風景の索引。松。松林。橋。石。道路。家屋。屋根。窓。山塊。空。他界から投じられた大きな投網の中の……。

5　それにしても画家の光はどこから射してくるのだろう。静物たちの肩に降りかかり、それは夥しい粒子となって、積もると見えていつしか静物たちの個々の陰影の中に消えて行く。そうしていつの間にか個々の静物たちの内側に時空の薄明が満ちてくる。

6　画家と静物たちの、疾走している時空における、疾走している静止、静止している疾走。相対的静止。そして日々の網目に留まることができない、日々の悲しみ。永遠に対峙していることの……。

〈点火・Ⅱ〉

一九九〇年三月二十四日。東京・有楽町アート・フォーラム「モランディ展」覚え書き。

しきりに師[3]の言葉を想う。〈結跏趺坐の君は、ただ風が通う窓であるだけだ。何も希わず、何も求めず、ましてや、何かを捨てようなどと、思うな……〉

ひたすら窓外千里を離《さか》る一木の落葉を識るべし……か。

それにしても、なお、モランディの「静物」は、「見る」ことを誘い続ける。

結跏趺坐を崩さぬ静物たちの

みずからがまた個々の窓である静物たちの
　時に私たちの幻覚であるかのような
　　　　　　　　　　　　　　　時に
私たちの視覚のゆらぎを截断するかのような
あるいは夥しい光の粒子を肩に積もらせ
　　虚空から出現しようとする刹那の
　　　虚空へ没し去ろうとする刹那の
限りなく実在に変容しようとする非在の
　　　　　　　　　　　　　みずからを
限りなく非在に解き放とうとする実在の
　ひたすら風が通う窓である物たちの
　　　　　　　　　　　　　　在り様
　　　　　　　　　　　　　　佇まい
　　　　　　　　　　　　　　　……

時を経ても、なお、あの「静物」たちの陰影が長く私の中に射してくる。どこかに夕映えが巡ってきているかのように……。そして私は、いま、誰の窓外、千里を離る木に散る一葉たり得るのか。

〈点火・Ⅲ〉

一九九〇年四月二十一日。京都・国立近代美術館「モランディ展」覚え書き。

春になると、私は、かつて師が黒板に大書した、秦代の夭折の天才学僧、僧肇《そうじょう》（三八四―四一四？）の詩を想い起こす。彼が讒により刑（斬首）死するとき、暫しの猶予を与えられて書に残したその詩は、こう伝えられている。

四大元無主　（四大、元《もと》、主、無く、）
五陰本来空　（五陰《おん》、本来、空なり。）
持頭臨白刃　（頭《こうべ》を持して臨む、白刃、）
猶似斬春風　（猶《あたかも》春風を斬るに似たり。）

四大は、いうまでもなく、地・水・火・風であり、元々、主（実体）はない。五陰は、五蘊《うん》[4]。つまり、色・受・想・行・識の五蘊の集まりである人間存在は、本来無我である……、という講義は忘れ難い。

久しぶりに春の都大路

を往き、私は、ゆくりなく僧肇の詩を想い起こす。そして、たちまち春風の中の白刃の一閃にたじろぐ。

ボローニャの密室で、あたかも修業僧の如く画家《モランディ》が生涯一五〇〇余の静物画、風景画を画いて追い求めていたものは何か。しかも大半をなす静物画では、構成と構図を変えながら、身辺の静物を繰り返し画き続けた理由とは何か。それは、物と人間の「存在原理」とは何か、人間と物の「実体」とは何か、を問うことであったか。そして、絵画は画家に應えることができたのか。ともあれ私にとって、これらの絵が私の内部の最も奥深いところで、ときおり、ふと、点火するのを知るだけで十分だ。

都大路の春風の中の白刃の一閃。私たちの「存在原理」に擬せられたかのような……。そうして俄かにその風の動きに触れて、画家《モランディ》の晩年の水彩画や鉛筆画は、網目の粗い画紙の表裏のあたりに漂いはじめる。私自身の存在と非在との境の危うい皮膜の褶曲のように。

〈点火・Ⅳ〉

一九九六年十二月二十五日。ローマ、旧市街《トラステヴェレ》。旅の日記。

クリスマスの朝。ホテルの遅い朝食。雨。街路に面した、ホテルの食堂の厚い窓ガラスを通して、私は見ている。雨に濡れて光る舗道を挟んだ筋向かいの画廊のショーウィンドーの中のポスターに画かれた見覚えのある画家《モランディ》の静物たちを。

雨はときおり思い出したように激しさを加える。窓ガラスの外側を伝う雨の滴の様々な動き。生きもののようなそれらの運動。逡巡、静止、伸縮、斜行……。そして滴がつくりだす一滴ごとの万華鏡の中で、歪み、消え、現われ、滲む、窓外の仔細。筋向かいの画廊のショーウィンドーの絵の静かな物たちの、みじろぎ、移ろい……。

雨は降り続く。私の視覚の窓ガラスに附着する時空の結露のように、それらの雨滴は、次第に水量を増し、流れ出し、「静物」について書き進めてきた虚空の原稿用紙の私の文字を、次々と暈《ぼか》していく。そして終には、洗い流すように跡形もなくそれらを雨の時空に返してしまう。

1　G・モランディ（一八九〇〜一九六四）

北イタリア、ボローニャ生まれ。ボローニャ美術アカデミアに学ぶ。小学校教師。召集、パルマ擲弾兵部隊に配属されるが、病のため退役。ボローニャ近郊の小学校校長、ボローニャ美術アカデミア版画科教授。ボローニャで死去。

伝えられる生涯の作品、銅版画、油彩、水彩による風景画、静物画、一五〇〇点余。サンパウロ・ビエンナーレ版画部門、絵画部門で重ねてグランプリ受賞。一九三〇年代半ば、イタリア現存最大の画家とされる（ロベルト・ロンギ）。第二次大戦後、一時その政治性、社交性の欠如が論議される。密室の修業僧に譬えられ、孤塁の画室で身辺の同じ壺や瓶等を半世紀にわたり画き続ける。

2　『モランディの形而上学』（マウリツィオ・カルヴェージ〈モランディ展カタログ・神奈川県立近代美術館編・小川熙他訳〉の文中に、モランディの方法に触れた個所で「空間における位置関係、色彩、物質の関係における明度のグラデーションの点火」（傍点筆者）という一節があるが、拙稿に用いた〈点火〉の語句は、右に触発されたものではない。

3　鈴木格禅（一九九九年八月一九日逝去）。

4　蘊《うん》は、集まりの意味で、人間の肉体と精神を五つの集まりに分けて示したもの。色は肉体、受は感受作用、想は表象作用、行は意志作用、識は認識作用を指す（岩波『仏教辞典』）。

「何《か》」

蒿湯[1]随聞

夜半、突然、松林の梢を吹き過ぎる少し強い風がある。あれは、なにか。なにが天空を渡って行く、風であるのか……。

ある風の一日、老師[2]が永い間の私の疑問をめぐって説くことがあった。

〈何《か》は是なり。是を何《か》し

きたれり。〉[3] つまり、こうだ。お前が生きているということ、これはどうすることもできぬ個別的絶対的事実ではある。だが、お前は、「何」という疑問詞によらぬ限りは言いあらわすことができぬ絶対の真実のはたらきによって、生かされていると知るべきである。故に、お前はお前であるとしても、すでにお前は誰でもないと開示されるとき、絶対的なお前の実存は普遍的時間に透脱する。即ち、松林の梢は無界に香り立ち、「何」と呼ぶよりほかはない絶対の真実が現成される時節の到来である。〈何ならしむるは是のゆゑなり。是ならしむるは何の能なり。〉「何」であり、「是」であり、主、属、玲瓏として相契起し、相転じ、一にして分かつことができぬ在り様はかくの如くである。よいな。

今夜も、夢のはるかな松林の上の天空を吹く風がある。目覚めて、しばし、松林の香り立つ夢中の風の中を歩む。

数歩にして、老師のくぐもる声明《しょうみょう》が行く。ただ〳〵心に聴く……。

夢の中に風あり。風に「何」あり。「何」に生命あり。生命は虚空に生命し、虚空は生命を虚空す[4]……。

今夜、と私が記す今夜とは、世界の無時間の、いかなる刻の深まりであるのか。夢中とは、誰の眠りの風の中の冥い佇立であるのか。香り立つ松林の梢よ。

「何」よ。天空に満ちて空無であるものよ。「是」よ。

1　蓬の湯。日常茶飯のこと。

2　鈴木格禅（一九九九年八月一九日逝去）。

3　〈〉内（以下同）は、道元著『正法眼蔵』第十三「仏性」（水野弥穂子校注・岩波文庫）より引く。

4　道元著『正法眼蔵』（六十巻・洞雲寺本）第十二「法華転法華」（同前）の、「塔中に霊山あり。霊山に宝塔あり。宝塔は虚空に宝塔し、虚空は宝塔を虚空す。」にみる道元の書法に倣う。

# 1

冬の旅。旅のデッサン。

ピレネー山脈東側の南
フランスのはずれのルション地方の。地中海
の香りが届く国境の峠間近かの階段状にうち
続く山中の踊り場のようなわずかな平地の。
初冬の陽が射すいちめん枯草の野の一隅の大
きな落葉の季節の中のプラタナスの巨樹の木

蔭の。かつて神の時空からひそかに届けられた小石のような風情のサン・マルタン・ド・フノヤール聖堂の少し濡れたような内部の。時の実相と酷似した馬蹄形の天空の奥の祭室の左右の壁面から後陣の奥壁にかかる聖なる物語のフレスコ画の藍色の深みの。わずかな外光の中に佇みあるいは跪く巡礼たちの祈りの。生涯の癒しの。生涯透脱の。いのちの浮揚の。直下の死に生きる者たちのある種の浮力のための…。それを、

はやく、画き留めよ、

詩とならぬうちに。

消えることがない死者のように、誰かの記憶に甦る瞬きのように、

それは見えている。遠

ざかりながら、刻々遠ざかりながら、遅い画筆を惜しむかのように、ゆっくり時空を旋回するかのように。それは見えている、しきりに葉を散らすあのプラタナスの巨樹の木蔭に。

〈フノヤール〉

2

冬の旅。冬の旅の誘い。

丘の上の城壁の中の石の村落の石畳の細い数々の迷路の崩れかかった石塀の奥の伏せられた目の光の中の、

通り過ぎる私とは誰か。

丘の上でわずかに鳥の言葉を覚え、修道士たちと黙礼を交わし、聖堂の壁の隙間から緑と褐色の濕った大地を望み、ジョットとチマブエが描く聖なる物語のフレスコ画を脳膜に映し、やがて、驟雨の中、丘を降っていく私の、帰るべき時空とは、なにか。


その時空とは、どこか。

思わず振り返った私が後にしてきた丘の中腹からウンブリアの野の涯の虚空にかけて、俄かに壮大な虹が懸る……。私の夢が誰かの夢と一瞬交錯して生じたであろう蝕であるかのように。そうして、

その虹を渡っていく術

のないままに、やがて、それは、迫りくる私の脳裏の夕暮の薄明の空の深みに次第に薄れていく……。

野の闇の中に立ちつくしたまま、その一瞬の天空の架橋について、ゆくりなく、私は拙ない私の言葉に訳しはじめる……。

汝、地ニ在リテ、讃エヨ。
汝、尚、生キテ在ラバ……。

〈アシジ〉

# 瀧の山[1]・考

西行円位法師憧憬

久安三年（一一四七）三月、西行、初度陸奥行に旅立つ。十月、平泉着。衣河に臨み、中尊寺に入る。久安四年（一一四八）、史家が伝える仔細[2]あってか、西行、平泉における修行を終え、やや急ぎ足に出羽国に入る。一首、

又の年《とし》の三月に出羽国に越《こ》えて、瀧《たき》の山と申《（まうす）》山寺に侍《（はべり）》けるに、櫻《さくら》の常《つね》よ

りも薄紅《うすくれなゐ》の色濃《こ》き花にて、並み立てりけるを、寺《てら》の人々も見興《けうじ》じければ

類《たぐ》ひなき思《おも》ひいではの櫻《さくら》かなうすくれなゐの花のにほひは　（『山家集』）

平成十四年（二〇〇二）四月、出羽国瀧の山の遠い風鳴りの中への、私の再度の旅。

谷間を望むことはできないが、風の底に聞こえてくるかすかな渓流のひびき。ようやく草の萌えはじめた山腹のゆるやかな丘に群生する〈おおやまざくら〉。それらの各々は、根際から異様に分岐し、数本の暗紫色の太い樹幹となって枝を四方に張り、地を覆う。あたかも積年の深い雪の重み

の記憶を終生荷なうかのような樹形。そしていま、突然襲ってくる陽春の夥しい光の粒子。一瞬の植生の放心の吐息であるかのような、開花。花のさかり。丘の上の、いちめんの。

「櫻の常よりも薄紅の色濃き花」の「並み立てりける」この丘の澄み渡った春の一日を、通り過ぎる翳りのように見て行ってしまった誰かの真昼間の、天空の夢の内部。うち棄てられた絵巻のような。

すでに虚空に放たれてしまったその夢の風景を掬うべき術を、もはや私は持つことはない。ただ、それらをひそかに名付けて私の〈出羽瀧の山切《ぎれ》〉と呼び、「類ひなき思ひいではの櫻かな」と歌い出す西行の和歌一首をよすがに想い描くよりほかはない。いかなる喩によってももはや閉じられることがない、その夢の切れぎれ、花のさかりの夢の残欠の香り。

*

櫻守は、どこにいるのだろう……。

たとえば、眼前の〈おおやまざくら〉の咲き様は、『山家集』に歌い出された九百年を遡る往時と寸分も相違あるまいという驚き。めぐりめぐる理法の明るさ。花の生死《しょうじ》の秘儀。そして精緻を極める時空の網目。いま、それらの理法、それらの時空の網目から、とどめようもなくあふれこぼれ咲く花の、静かな錯乱。全き自己放棄。

それにしても、丘をつつむこの香ぐわしい芳香が誘う、いかなる覚醒がこの夢の外にあるのだろう。

ステファヌ・マラルメ（一八四二―一八九六）は、〈花〉という言葉、声によって、「どんな花束にも不在の、別の何ものかである、観念《イデー》そのものとしての〈花〉が音楽的にそこに立ちのぼってくる」[3]といい、フランシス・ポンジュ（一八九九―一九八八）は、「私のいない、ミモザ」[4]について書く。

いま、私は、この瀧の山の、花の匂い立つ言葉の迂路に踏み迷う。〈私のいない、さくら〉に到達すべき詩法、あるいは、私の錯誤、迷妄であるにしても、〈花の真言〉を読み解くべきそして〈花の真言〉と化すべき詩法の所在を、虚空に想い描きながら。真昼間の夢の中で。

永代の、櫻守よ……。

*

天空から舞い降りる無数の花びらの無重力のとどめようもない音律、無韻の音階。谷間の向こうの、少し濡れているような岩肌に露出した地層の、鈍色の幾條かの時の刷毛目を、あたかも幻の五線のように見立てては、一種の音符の群となって虚空に舞い、一線に連なり、あるいは、不意に一音一音となって転回し、浮き、沈み、風に流れ、拡散を続ける、花びら。また、一陣の風に俄かに音調を狂わせ、急旋回しては、みずからの浮遊する視界から夢の外へと消えて行く花びらの不思議。

無量、無辺、そして無韻の花の鎮もる世界。そこに生死を観じようとする者の昏さ。瞑黙の。ふと、まぎれこんできては、浮遊したままその沈黙にみずからの沈黙を重ね合わせるかのような花びらのかすかな厚み。かすかな厚みの中の、どこか遠い国境の花の吹雪の気配、花たちの記憶。

*

一斉に見開かれた、一つ一つの花の、花芯にひそむ眼。一樹一樹の天空に注がれる花たちの夥しい視線。見る者をたじろがせる、その盲目の全透視力。だが、不思議な風と刻とを境にして、突然すべてが逆転し、それらの全視力は、樹液の道を通って花たちに早すぎる死を届けるみずからの内部の深部へと注がれるかのようだ。それ故、俄かに反転した散り際の花たちの推移が、「見興《けう》じける」人々をさらに深い夢の渕へと誘いこむかのようだ。

花たちの盲目の眼の遍在による、束の間の現成《げんじょう》。丘の上に「並み立てりける」花たちの存在の……。

みずからの死を透視するものたちを、私は、畏れる。

＊

風に誘われながら、私

は考える。〈現実は、ついに、夢の一部分であることから逃れることはできない……〉と。半ば夢に埋没しているこの推論の揺らぎは、いのちあるものたちにとってあまりにも推移が早急すぎることに主たる根拠があるにしても、〈夢は、ついに、夢であることから逃れることはできない〉とする覚醒と噛み合い、互の尾を咬み合う伝説上のある種の二匹の蛇の行為、あるいは、ある一族の紋章に秘められた図柄の背景を想い起こさせる。しかし覚醒そのものが依然として夢のうちにとどまるほかはないとするならば、これらの推論の揺らぎは、私が誤った読解に陥ったと思われる現実観に、ある種の透視法、ある種の歩行術である浮遊法をもたらすことができる、とはいえないだろうか。本来昏き者の、本来無我である者の、残された詩法のひとつとして。

　想い起こすこれも、西行円位法師の初度の陸奥行の折の、出羽における作と見立てられるという[5]、一首、

奥に猶《（なほ）》人見《み》ぬ花の散《ち》らぬあれや尋《たづ》ねを入らん
山ほとゝぎす　（『山家集』）

*

　追記。いま、ここに、さらに西行の歌三首を浄書し、私の貧しい〈出羽瀧の山切〉を添え、はるか河内国弘川寺の墳墓に鎮まる西行の歌の魂に手向ける。

風さそう花の行方《ゆくへ》は知《し》らねども惜しむ心は身にとまりけり　（『山家集』）

花見《み》ればそのいはれとはなけれども心のうちぞ苦《くる》しかりける　（『山家集』）

ほとけには櫻の花をたてまつれ我が後の世を人とぶらはば　（『山家集』）

1　標高一三二五メートル。山形市南東に位置する。西行が滞在したという故事が伝えられる三百坊趾が中腹にある（『みちのくの西行』後藤利雄著参照）。

2　西行初度の陸奥行には、南都の流刑僧たちの視察、教誨の任があったという（同前）。

3　「私が言う、花！すると、私の声によって如何なる（花の）輪郭も忘却状態に追いやられるのだが、その忘却状態から既知の夢とは別の何物かとして、音楽的に立ちのぼってくるのである、（現実の）どんな花束にも不在の花が、甘美なる（花の）観念《イデー》として」（『詩の危機』菅野昭正訳）。

4　「ミモザ」（『表現の炎』思潮社刊・阿部弘一訳）。

5　『みちのくの西行』（前出）。

〔付記〕文中の『山家集』からの引用は、岩波書店刊『日本古典文学大系』による。

## 葡萄樹

たしかに、オブジェは魂の外側にある。だが、
それは、また私たちの頭の中の錘である。
――フランシス・ポンジュ[1]――

冬の旅。旅の夕暮。窓越しに見えている葡萄樹の村。夕暮の南フランスのなだらかな丘陵地帯の南東斜面の、大小の石くれがいちめんに拡がっている葡萄畠の、株づくりの、あたかも大小のその石くれをそのまま黒衣の中に包み持って夕べの祈りに佇つ修道士たちのように、みじろぎもない葡萄樹の古木。

旅の一日の終りの、私を地上に繋留する、魂の外側の風景。はるかな山並みを空に残し幽暗が俄かに迫ってくる腐蝕画の、暗闇に滲み出していく線刻……。

〈オブジェ、それは詩法である〉[2]……師《ポンジュ》の訓が甦ってくる。

グラスに注いだ葡萄酒を片手に、私は、厚いカーテンを閉じた窓辺のソファに沈む。

私の〈問い〉は、〈問い〉そのものがひとつの〈解〉であり、また、その〈解〉がいつしかまた〈問い〉そのものに還っていく性質のものであるらしい。

葡萄樹の方法。つまり、葡萄樹の結実の詩学とはなにか……、葡萄樹の詩法とはなにか……。そして、いまや私の〈頭の中の錘〉であるもうひとつの葡萄樹に、限りなく私が変身していくための蔓枝の方法とは、〈問い〉であるのか、あるいは〈解〉であるのか。

幾何学を習いはじめたばかりの中学生のように、それらの解析に、私は酩酊しはじめる。

酩酊するみずからの平衡を保つための、剪定のいかなる補助線がこの厳冬の空間に隠されているのか。吸水、発芽、開葉、そして蔓枝の伸張のための精神の磁場である地表をいかに鋤き返すか。さらに、結実のためのあまりにも迂遠な施肥とは別の、風と祈りと夕べの倍音の秘儀とを、いかに空に学ぶべきか。

より深い酩酊と、終りない、私の中の葡萄樹の方法をめぐる彷徨の旅の夜……。

浮遊する想念は、移動する手段をもつことはない。ただ、書く、という人間の行為に限りなく類似した、ある種の植生の仕儀、つまり、屈折していく蔓枝の伸張、魂の外の光と温度差に感応する、すべての蔓性の植生に共通した書法、そして、みずから抱く闇をさらに深めていく結果を招くよりほかはない葡萄樹の仕儀に想い到るにすぎない……、あたかも〈問い〉と〈解〉とを無限に縒り合わせ、魂の外の闇に伸びていく一種の植生そのものであるかのように。

〈ニーム、プロテスタント墓地〉3

〔註〕

1 Francis Ponge (1899~1988)　フランスの詩人

2 ジョルジェ・ブラックの言葉。この言葉をそのまま標題としたフランシス・ポンジュの詩がある。冒頭の引用はその一節。

3 フランシス・ポンジュの墓所がある。

## あとがき

詩集『葡萄樹の方法』には、詩集『風景論』の上梓以降、「現代詩手帖」、「詩学」、「貘」、「P&T」、「詩と創造」、「オドラデク」に掲載された作品を収めた。上梓に当たって二、三加筆、修正を加えた。

私淑したF・ポンジュが云う〈頭の中の錘〉は、私にとっては〈私自身の生と死〉をも指している……、いつしかそのように私は考えるようになった。この詩集が、すでに老木である私を蓋うことになれば幸いである。

表紙カバーには、ご生前いつも温くお励まし下さった故毛利武彦氏の銅版画「孔雀」を使わせて頂いた。ご遺族のご寛容に感謝のほかはない。

平成二十四年に亡くなった「貘の会」の畏友笹原常与の詩集『晩年』を刊行された〈七月堂〉がたまたま私の住居と程近いところにあることを知ったが、これも故笹原常与の導きかもしれない。私の突然の我儘を快く聞き入れ、上梓に当たって心を砕いて下さった知念明子氏に篤く御礼を申し上げる次第である。

平成三十年初夏

阿部弘一

初出

城塞教会　「現代詩手帖」　一九九六年九月
風、風の舞曲　「詩学」　一九九七年八月
靜物　「貘」30号　一九九八年一月
「何」　「P&T」　9号　一九九八年十月
冬の旅　「P&T」　10号　一九九九年四月
瀧の山・考　「詩と創造」　55号　二〇〇二年一月
葡萄樹　「オドラデク」　2号　二〇〇二年四月

阿部弘一（あべ　こういち）

一九二七年東京に生まれる。

著書

詩集『野火』（一九六一年思潮社）

詩集『測量師』（一九八七年思潮社）

詩集『風景論』（一九九五年思潮社）第十四回現代詩人賞

『阿部弘一詩集』現代詩文庫152（一九九八年思潮社）

訳書

フランシス・ポンジュ『物の味方』（一九六五年思潮社「現代の芸術双書」Ⅷ）

フランシス・ポンジュ『表現の炎』（一九八〇年思潮社）

編・訳書

『フランシス・ポンジュ詩選』（一九八二年思潮社）

現住所　東京都世田谷区羽根木二丁目十番十二号

葡萄樹の方法

二〇一八年七月二〇日　発行

著　者　阿部弘一
発行者　知念明子
発行所　七　月　堂
〒一五六—〇〇四三　東京都世田谷区松原二—二六—六
電話　〇三—三三二五—五七一七

印刷・製本　渋谷文泉閣


ISBN 978-4-87944-328-1 C0092